CATALOGUE

DES

TABLEAUX MODERNES

PROVENANT DE LA

COLLECTION DE M. Wärtmann *(après décès)*

VENTE

HOTEL DROUOT, SALLE N° 1

Le Jeudi 11 Mai 1876

A DEUX HEURES ET DEMIE PRÉCISES.

EXPOSITIONS:

PARTICULIÈRE		PUBLIQUE
Le Mardi 9 Mai 1876.		Le Mercredi 10 Mai 1876.

De une heure à cinq heures.

COMMISSAIRE-PRISEUR,		EXPERT,
Me CHARLES PILLET.		M. DURAND-RUEL
10, rue de la Grange-Batelière.		16, rue Laffitte

CATALOGUE

DES

TABLEAUX MODERNES

PROVENANT DE LA

COLLECTION DE M. X***

VENTE

HOTEL DROUOT, SALLE N° 1

Le Jeudi 11 Mai 1876

A DEUX HEURES ET DEMIE PRÉCISES.

EXPOSITIONS :

PARTICULIÈRE	PUBLIQUE
Le Mardi 9 Mai 1876.	Le Mercredi 10 Mai 1876.

De une heure à cinq heures.

COMMISSAIRE-PRISEUR,	EXPERT,
Me CHARLES PILLET,	M. DURAND-RUEL
10, rue de la Grange-Batelière.	16, rue Laffitte

CONDITIONS DE LA VENTE

———

Elle sera faite au comptant.

Les acquéreurs payeront, en sus des adjudications, *cinq pour cent* applicables aux frais.

———

Ce Catalogue se distribue :

A PARIS

Chez MM. Charles Pillet, commissaire-priseur, rue de la Grange-
Batelière, n° 10.

Durand Ruel, expert, rue Laffite, 16.

A L'ÉTRANGER.

La Haye,	Tersteeg, représentant de la maison Goupil et Ce, Plaats, 14.
Londres,	Agnew et Sons, Waterloo place.
—	Pilgeram et Lefevre, 1, King street, Saint-James square.
Bruxelles,	Étienne Leroy, 8, rue des Chevaliers.
Berlin,	Lepke, 4, unter den Linden.
Vienne,	Kaeser, 2, Kartner-Ring.

———

Paris. — Imp. Pillet fils aîné, rue des Grands-Augustins, 5.

COLLECTION DE M. X***

Cette collection se présente sous le voile modeste de l'anonyme, mais elle n'en est pas moins intéressante, bien au contraire, et sa modestie dissimule une valeur réelle et de bon aloi. Sur une quarantaine environ de tableaux qu'elle renferme, huit ou dix sont du premier ordre, et la moyenne du reste doit être taxée : excellente qualité. Ceci est moins fréquent qu'on ne l'imagine.

Le droit de préséance, ici comme partout ailleurs, revient à *Eugène Delacroix*. Sept de ses ouvrages enrichissent la collection, *l'Enlèvement de Rebecca*, *le Tasse dans la prison des fous*, *Macbeth chez les sorcières*, un *Épisode du massacre de Scio*, deux études pour la décoration de l'Hôtel-de-Ville, et une autre pour celle de la Chambre des députés. L'ensemble, on le voit, est d'un rare intérêt. Le grand artiste s'y montre à nous successivement aux prises avec Shakespeare et Walter Scott, la Mythologie, l'Évangile et l'Histoire ; toutes les sources de son inspiration ont déversé là quelque flot limpide et lumineux, reflété de ce beau rayon prismatique qui est son propre génie de coloriste. Ivanhoé, le chef-d'œuvre de Walter Scott, fut longtemps pour *Delacroix* une de ces sources favorites. Il en a traité, d'une manière ou d'une autre, la plupart des épisodes populaires; mais *l'Enlèvement de Rebecca* par le Templier résume toutes ses recherches. C'est une page superbe, dramatique et entraînante, dont l'effet est obtenu par le seul prestige de la couleur. Delacroix, en peinture, est avant tout un harmoniste; il en a non-seulement le don inné et naturel, mais la science; son art est contrepointé et fugué comme celui de Bach ou de Beethoven. Il procède d'ailleurs à la façon de ces maîtres : quand il a adopté un thème, il le développe jusqu'à l'épuisement des ressources : de là sa grande puissance enveloppante. De cette terrible scène de *l'Enlèvement de Rebecca*, le peintre a tiré une symphonie complète, où l'art des valeurs joue le rôle d'orchestration, qui saisit les yeux, comme la musique l'oreille, et s'empare de l'âme irrésistiblement.

Le Tasse dans la prison des fous est une des œuvres du maître qui n'ont jamais été contestées même par ses détracteurs. Elle relève d'une autre manière que celle du tableau précédent, et l'exécution en est plus sobre, sinon moins puissante. C'est par le clair-obscur, cette fois, que *Delacroix* atteint à l'effet dramatique, et vraiment cet effet est poignant de ce pauvre grand poète, abandonné de tous ceux qu'il aimait, plongé dans les ténèbres froides, au milieu d'une foule hurlante et grimaçante de possédés, de fous et de spectres visionnaires auxquels on l'assimile. Dans l'œuvre de *Delacroix*, *le Tasse dans la prison des fous* forme une sorte de pendant éloquent au Prisonnier de Chillon.

Il n'est peut-être personne au monde qui ne connaisse, dans le célèbre tableau des *Massacres de Scio*, cette figure de femme morte, étendue et déjà livide, au sein de laquelle s'accroche désespérément un nourrisson. *Delacroix* s'est donné le plaisir de reproduire lui-même l'épisode, offrant ainsi un modèle et une leçon aux nombreux copistes qui pressent aujourd'hui leurs chevalets devant cette toile devenue classique. — Une énergique évocation shakespearienne nous fait assister à la visite de *Macbeth* aux sorcières de la bruyère. Au centre de la caverne qu'il éclaire, le chaudron aux sortilèges bout et fume. Les trois mégères, torses nus, hideuses, tendent vers le roi leurs bras décharnés, et lui, les yeux hagards, les bras croisés sur sa poitrine sans haleine, il voit passer le long défilé de la lignée vengeresse de Banquo. On sait quel traducteur Shakespeare a trouvé en *Delacroix*; la terreur habite cette petite toile et le génie tragique du peintre s'est rarement exprimé avec plus de caractère. — L'irrémédiable destruction du salon de la Paix à l'Hôtel-de-Ville prête une valeur toute particulière aux deux études cataloguées dans cette collection sous les titres de *Hercule tue le Centaure* et *Hercule s'empare du baudrier de la Reine des Amazones*. L'artiste avait tiré de la vie d'Hercule les motifs des onze tympans de cette décoration à jamais regrettable; il est heureux que l'on en ait conservé à l'histoire de l'art les esquisses et projets, car c'est par eux que la postérité connaîtra la magnificence de l'œuvre et en mesurera la perte. — *La drachme de saint Pierre* est aussi une reproduction, superbe de couleur et d'invention décorative, d'un panneau du maître à la bibliothèque de la Chambre des députés, dans la coupole dite de la Théologie. L'apôtre est assis à gauche et tient le poisson, échappé sans doute du panier d'une marchande, debout derrière lui et qui se baisse pour le regarder. De ce poisson saint Pierre a retiré la drachme qui doit payer le tribut, et il la montre aux disciples accourus au miracle.

Après une série de telles œuvres, signées d'une telle griffe, de qui oserons-nous parler sans détonner, si ce n'est peut-être de *Troyon*, un admirable peintre, lui aussi, et dont le temps mûrit la gloire chaque jour. Nous possédons six toiles de ce maître, et la moindre mérite qu'on s'y arrête. D'abord les *Bœufs au labour*, œuvre prodigieuse de vérité et d'une grandeur épique. Les animaux de *Troyon* ont ceci de reconnaissable que, s'ils sont toujours réels, on les croirait faits cependant pour traîner des chars triomphaux dans des fêtes olympiennes. Voyez ceux-ci, attelés deux à deux à la plus vulgaire charrue et aiguillonnés par un simple paysan : ne dirait-on pas d'un attelage antique dans un cortége de Cérès? Homère et Hésiode les eussent chantés et vous les reconnaissez pour les voir tous les jours dans nos prairies normandes. C'est en étudiant de pareils tableaux qu'on en arrive à se demander si la sincérité n'est pas la seule mère du style. — Admirez maintenant, dans sa gamme argentine, ce charmant paysage, *le Gué*, que traversent, pour tout drame, deux ou trois belles vaches tranquilles, reflétées par le miroir des eaux, et dites si Théocrite a jamais rêvé plus poétique cadre à ses idylles, ou Longus à ses pastorales. Ce n'est pourtant qu'un site frais, et ordinaire dans nos campagnes; mais il se transforme sous la lumière dont l'artiste le pare, et devient un lieu enchanteur digne des plus doux vers de l'Attique. Le *Troupeau en marche*, et *En chemin pour le marché*, deux autres toiles délicieuses de vérité et d'observation, sont encore deux preuves concluantes du talent de *Troyon* à saisir l'animal dans sa vertu instinctive, la noblesse. Quoi qu'elles fassent, où qu'elles aillent, les bêtes de Troyon sont toujours nobles de formes, nobles d'allures et nobles de poses; elles ont la gravité de la nature et leur beauté se compose avec sa grande harmonie inaltérable. D'ailleurs, le paysagiste en *Troyon* est à la hauteur de l'animalier : la petite *Mare bordée de saules*, d'une impression si recueillie qu'on y entend, selon le mot de Saint-Amant, voler les ailes du silence, est une de ces études où les maîtres impriment leur sceau en se jouant. Citons enfin une petite *Marine* dont le motif représente les restes d'un coupe-lames ou épi profilé sur l'immensité verdâtre de la mer.

Comme tous les grands peintres, *Decamps* fut, lui aussi, un artiste très-varié, et il exerça son talent sur vingt sujets différents. Avec l'*Arabe en voyage*, nous retrouvons le *Decamps* oriental, chef de l'école contemporaine du pittoresque. Le privilége du peintre dans ces petites scènes de la vie intime en Orient, c'est de ne jamais franchir la limite imperceptible qui sépare le caractère de la caricature. Aussi audacieuse que soit son observation, aussi loin qu'il en pousse les traits spirituels et comiques, son tact exquis l'arrête toujours au point où la charge commence et où la peinture finit. L'*Arabe en voyage* est un tableau très-gai, très-divertissant, mais c'est un tableau d'une qualité claire et lumineuse et d'une belle sonorité de ton.

L'*Automne* de *Théodore Rousseau* compte dans son œuvre pour une pièce magnifique et du premier rang. C'est un effet de crépuscule d'une intensité d'impression indescriptible. Le soir et l'automne sont par excellence les deux notes mélancoliques de la nature ; *Théodore Rousseau* en a condensé là les tristesses et la double poésie. Comme Ruysdael, *Rousseau* mêle son âme à l'âme universelle des choses ; c'est un grand panthéiste : voilà pourquoi il émeut toujours.

Corot n'a pas sa profondeur, mais il est doué d'un charme qui, pour n'être pas inimitable, n'en reste pas moins sa personnalité. D'ailleurs, quoi qu'on en dise, *Corot* seul a fait du Corot, et je ne sache personne dans toute l'école qui puisse se vanter d'avoir signé une toile comme celle, par exemple, qui s'appelle ici *le Matin*. Cela est purement extraordinaire. Ceux qui ont vu à quatre heures du matin les bords d'une rivière avant l'aurore, à l'heure où les objets indécis nagent dans un brouillard transparent, d'un gris pâle et argenté, quand l'herbe trempée de rosée ne forme encore qu'un vaste tapis atone et quand les arbres, vaguement estompés, ressemblant à une ondulation de petits nuages bas sur l'horizon, ceux-là, dis-je, connaissent un effet insaisissable à la peinture. *Corot* pourtant l'a fixé cet effet, et avec une simplicité de moyens, une assurance et une exactitude tranquille dont il n'y a pas d'autre exemple, du moins à notre connaissance. Le *Bois*, avec son beau ciel gris de nacre et son feuillage tremblant dans l'atmosphère, est aussi une superbe étude, pleine de mystère, et les amoureux qui s'enfoncent dans son ombre pourraient bien y voir passer, sous le rayon lunaire, la chasse silencieuse de Diane suivie de ses lévriers noirs et de ses nymphes blanches. Quant à la *Vue prise en Suisse*, probablement dans la vallée du Salève, c'est la sincérité naïve qui en fait le plus grand charme. On ne rend pas plus consciencieusement le profil austère du Mont-Blanc.

Nymphe pleurant l'amour est une des variations les plus réussies que *Diaz* ait exécutées sur son thème favori, un beau corps de femme au milieu de la verdure. Le soleil qui l'éclaire de face, tandis que le dos se modèle délicatement dans une demi-teinte, fait jaillir du feuillage environnant des émeraudes et des topazes. Il n'existe pas de tableau d'*Eugène Isabey* supérieur au *Laboratoire d'alchimiste* de la collection ; c'est très-probablement le chef-d'œuvre de l'artiste. Dans cet entassement de cornues, de matras, de fioles, d'alambics et de bocaux qui scintillent au plus profond du laboratoire et ponctuent d'éclairs son ombre diaphane et chaude, notre alchimiste pourrait bien avoir trouvé pour son peintre ce qu'il cherche inutilement pour lui-même, c'est-à-dire l'élixir de longue vie. Mais le talent de M. *Isabey* a plusieurs faces ou plutôt plusieurs facettes, et s'il n'avait depuis longtemps conquis son brevet d'excellent mariniste, le *Village de pêcheurs* sur la côte normande suffirait à le lui assurer. C'est un morceau superbe de facture. Le Salon de 1869 a vu apparaître le remarquable ouvrage de M. *Berchère*, *Halage sur une digue du lac Menzaleh.* Au milieu des eaux bleues et huileuses, sur une étroite langue de terre formant presqu'île, deux chameaux montés par des Égyptiens remorquent une lourde embarcation ; une sorte d'Hercule attelé lui-même à un long cordage les précède ; le couchant prête au paysage sa belle poésie et sa couleur opulente. Les *Millet* de la première manière, après avoir été trop longtemps incompris, sont devenus fort rares et recherchés. On a peine à comprendre l'indifférence du public devant des toiles comme *le Retour des champs,* d'une si chaude harmonie dorée et d'un sentiment si idyllique. L'artiste, plus tard, trouva sa voie dans la seule rusticité ; de l'églogue il sauta à la vie réelle, il quitta les pipeaux pour le rude labour et il se fit une originalité mâle de peindre les paysans tels qu'ils sont. Avec le *Berger rentrant son troupeau au clair de lune, François Millet* nous révèle son esthétique nouvelle et sa maturité, et nous touchons ainsi aux deux pôles de son talent.

Citons, avec le regret de ne pouvoir nous étendre davantage sur le mérite de tant d'œuvres précieuses, le *Seigneur vénitien* du peintre *Ricard,* mort trop tôt pour la gloire de notre école ; — une *Sapho* de *Gustave Moreau ;* — trois beaux paysages de *Français,* dont l'un, *la Mare,* est une étude d'une rare sincérité sur un motif exceptionnellement original ; — trois autres paysages de M. *Achard,* d'une grande finesse de travail ; la *Chaumière à l'entrée d'un bois* contient un effet de soleil de la plus heureuse venue ; — et aussi un spirituel tableau de M. *Ch. Jacques,* une *Basse cour.*

Émile BERGERAT.

DÉSIGNATION

ACHARD

1 — Paysage. Chaumière à l'entrée d'un bois.

Effet de soleil.

Haut., 28 cent.; larg., 40 cent.

ACHARD

2 — Bords de la Marne. Effet du matin au prin-
temps.

Haut., 27 cent.; larg., 41 cent.

ACHARD

3 — Paysage. Chemin près d'une chaumière.

Haut., 37 cent.; larg., 41 cent.

BARON

4 — Moissonneuses buvant à une fontaine.

Haut., 40 cent.; larg., 26 cent.

BERCHERE

5 — Halage sur une digue du lac Menzaleh (Basse-Egypte).

Tableau important ayant figuré au Salon de 1869.

Haut., 85 cent.; larg., 1 m. 15 cent.

COROT

6 — Le bois.

Un ruisseau coule au premier plan entre des rochers et abrité par de grands arbres que le soleil du soir éclaire de ses derniers rayons.

Au fond, deux figures cherchant l'ombre.

Haut., 55 cent.; larg., 45 cent.

COROT

7 — Le matin.

Un cours d'eau bordé d'arbres, un pêcheur qui relève ses filets. Cette composition, d'une grande simplicité, est tout imprégnée de la brume et de la rosée du matin.

Haut., 30 cent.; larg., 51 cent.

COROT

8 — Paysage avec figures; vue de Suisse. Effet du matin.

Haut., 40 cent.; larg., 60 cent.

DECAMPS

9 — Arabe en voyage.

Il chemine monté sur un âne et tenant un jeune enfant assis devant lui; un serviteur et une femme le suivent.

On aperçoit au fond une ville vers laquelle d'autres voyageurs se dirigent.

Haut., 53 cent.; larg., 72 cent.

DELACROIX

(EUGÈNE)

10 — Rébecca enlevée par le templier Bois-Guil-
bert, pendant le sac du château de Front-de-
Bœuf.

(IVANHOÉ, *Walter Scott*).

Composition importante, superbe de mouve-
ment et de coloration, ayant figuré au salon de
1859.

Daté 1858.

Haut., 1 m.; larg., 80 cent.

DELACROIX

(EUGÈNE)

11 — Le Tasse dans la prison des fous.

Il est assis sur son grabat, la tête renversée
sur sa main; au fond, derrière une grille, appa-
raissent des fous qui passent en grimaçant leurs
bras à travers les barreaux.

Tableau très-connu dans l'œuvre de Delacroix.

Haut., 60 cent.; larg., 50 cent.

DELACROIX

(EUGÈNE)

12 — Macbeth chez les sorcières.

Macbeth.

Que faites-vous, créatures infâmes?
Sorcières de minuit?

Toutes trois.

Une œuvre sans nom.

(Macbeth. Scène XVI. *Shakespeare*.)

Haut., 32 cent.; larg., 25 cent.

DELACROIX

(EUGÈNE)

13 — Hercule dompte et tue le centaure.

Haut., 24 cent.; larg., 46 cent.

14 — Hercule vainqueur d'Hippolyte, reine des amazones.

Ces deux compositions faisaient partie de la décoration, aujourd'hui détruite, du salon de la Paix, à l'Hôtel de Ville.

Haut., 24 cent.; larg., 46 cent.

DELACROIX

(EUGÈNE)

13 — Saint Pierre trouve dans un poisson la drachme
pour payer le tribut.

Composition faisant partie de la décoration de
la bibliothèque de la Chambre des députés.

Haut. ' cent.; larg., 28 cent.

DELACROIX

(EUGÈNE)

16 — Épisode du massacre de Scio.

Enfant cherchant le sein de sa mère qui vient
d'expirer.

Fragment du tableau du musée du Luxem-
bourg.

Haut., 95 cent.; larg., 1 m. 30 cent.

DIAZ

17 — Nymphe pleurant l'Amour.

Assise dans un bois, demi-nue, vue de dos,
elle pleure, et semble vouloir retenir l'Amour
qui s'envole.

Les deux figures sont vivement éclairées par
un rayon de soleil qui perce à travers bois.

Haut., 40 cent.; larg., 31 cent.

FRANÇAIS

18 — Les bords du Gapeau près d'Hyères.

Salon de 1859.

Haut., 60 cent.; larg., 66 cent.

FRANCAIS

19 — Paysage italien, très-élégant de style. Effet de
soleil couchant.

Haut., 43 cent.; larg., 38 cent.

FRANCAIS

20 — Mare abritée sous de grands arbres touffus à l'entrée d'un bois.

Cintr par le haut. Haut., 32 cent.; larg., 45 cent.

ISABEY

21 — Un laboratoire d'alchimiste.

Il est impossible de décrire les mille objets entassés chez cet alchimiste dont le laboratoire est devenu la demeure : le fourneau est allumé, les cornues sont en ébullition : le savant penché sur une fiole, près du fourneau, suit avec attention le résultat de l'expérience.

Au premier plan un chien couché, au fond un grand lit entouré de rideaux.

Haut., 50 cent.; larg. 65 cent.

ISABEY

21 — Village de pêcheurs sur la côte de Normandie.

Le ciel annonce un grain, la mer monte,
quelques barques quittent la plage, d'autres res-
tent encore amarrées au rivage.

Daté 1856.
Haut., 44 cent.; larg., 66 cent.

JACQUE

(CHARLES)

23 — Coq, poules et canards dans un poulailler.

Forme ovale. Haut., 26 cent.; larg., 21 cent.

MILLET

24 — Retour des champs.

Un paysan pousse une brouette remplie d'herbe, sur laquelle sa petite fille est endormie; son frère se penche pour l'embrasser, la mère chasse devant elle une chèvre et un mouton.

Vente Wilson.

Haut., 45 cent.; larg., 38 cent.

MILLET

25 — Berger rentrant son troupeau le soir au clair de lune.

Haut., 33 cent.; larg., 24 cent.

MOREAU

(GUSTAVE)

26 — Sapho.

Haut., 33 cent.; larg., 20 cent.

PLASSAN

27 — Le médaillon.

Une jeune femme, en costume du matin rose
et bleu, accoudée sur une table devant laquelle
elle est assise, regarde un médaillon qu'elle tient
dans sa main.

Haut., 21 cent.; larg., 16 cent.

RICARD

28 — Un seigneur vénitien.

Il est cuirassé, vêtu d'un pourpoint de velours grenat, la main appuyée sur son épée et la tête couverte d'un toquet à plumes.

Cette figure est peinte dans le sentiment du Giorgion.

Haut., 1 m. 20 cent.; larg., 90 cent.

RICARD

29 — Modestie.

Tête de jeune fille.

Haut., 55 cent.; larg., 41 cent.

ROQUEPLAN

30 — Après la moisson.

Une paysanne du Béarn rentre des champs,
tenant sous son bras une gerbe de blé, et caresse
le chien d'un chasseur qu'on aperçoit au fond.

Haut., 45 cent.; larg., 31 cent.

ROUSSEAU

(THÉODORE)

31 — L'automne.

C'est le soir; le soleil a disparu à l'horizon, le ciel s'est assombri, la terre a pris une teinte vigoureuse, les arbres dessinent leurs noires silhouettes sur le ciel.

Au fond, un laboureur conduit sa charrue attelée de deux chevaux; au premier plan, une femme ramasse de l'herbe.

Tableau d'une grande puissance de ton et remarquable dans l'œuvre du peintre.

Haut., 36 cent.; larg., 50 cent.

TROYON

32 — Bœufs au labour.

Six bœufs sont attelés à une charrue, deux par deux, et courbant la tête sous le joug; un jeune paysan dirige les premiers et les fait tourner pour reprendre un nouveau sillon; un autre paysan dirige la charrue.

Le ciel est à l'orage, un dernier rayon de soleil éclaire une partie de l'attelage et tout le terrain au premier plan.

Tableau d'une grande importance et d'une fort belle qualité.

Daté 1860.

Haut., 95 cent.; larg., 1 m. 30 cent.

TROYON

33 — En chemin pour le marché.

Par une matinée toute pleine de soleil, trois
bœufs et quelques moutons, conduits par un
paysan à cheval, descendent un coteau par un
chemin tout sillonné d'ornières.

Haut., 33 cent.; larg., 45 cent.

TROYON

34 — Le gué.

Trois vaches passent à gué un petit bras de
rivière bordée à droite par des saules.

Au fond, un bateau chargé de bestiaux.
quitte le rivage.

Haut., 30 cent.; larg., 40 cent.

TROYON

35 — **Troupeau en marche.**

Une vache brune et des moutons traversent
une prairie, pressés par l'orage qui s'approche.

Haut., 25 cent.; larg., 36 cent.

TROYON

36 — **Mare bordée de saules.**

Etude provenant de la vente Troyon.

Haut., 21 cent.; larg., 32 cent.

TROYON

37 — **Bords de la mer près Trouville.**

Etude provenant de la vente Troyon.

Haut., 16 cent.; larg., 27 cent.

RED. :

22

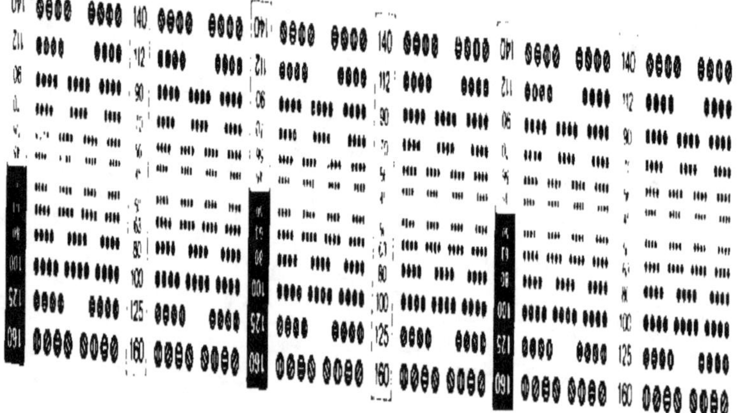

MIRE ISO N° 1
NF Z 43-007
AFNOR
Cedex 7 - 92080 PARIS-LA DEFENSE
graphicom

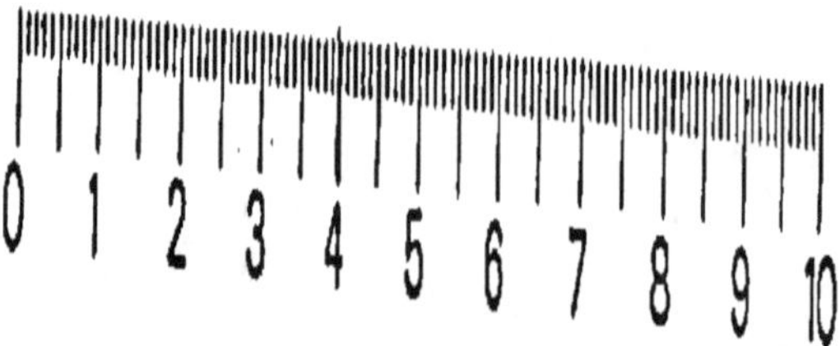

0 1 2 3 4 5 6 7 8 9 10

BIBLIOTHÈQUE
NATIONALE
DE FRANCE

* * * *

CHATEAU
DE
SABLÉ
1997

www.ingramcontent.com/pod-product-compliance
Lightning Source LLC
LaVergne TN
LVHW021049050726
842519LV00003B/1072